mai 1897

VENTE DES 14 ET 15 MAI 1897

HOTEL DROUOT, SALLE N° 1

OBJETS D'AMEUBLEMENT

DU XVIIIe SIECLE

Appartenant à M. X...

Me PAUL CHEVALLIER, Commissaire-Priseur

MM. MANNHEIM Père et Fils, Experts

CATALOGUE

DES

MEUBLES ANCIENS

LOUIS XIV, LOUIS XV ET LOUIS XVI

MEUBLES EN BOIS SCULPTÉ ET DORÉ

CONSOLES, GLACES, CADRES

PENDULES, HORLOGES, CARTELS

BRONZES D'ART ET D'AMEUBLEMENT

Marbres, Ivoires, Objets variés

PORCELAINES, FAIENCES

PIÈCES MONTÉES EN BRONZE

TABLEAUX, PEINTURES DÉCORATIVES

Le tout appartenant à M. X...

ET DONT LA VENTE AURA LIEU

HOTEL DROUOT, SALLE N° 1

Les Vendredi 14 et Samedi 15 Mai 1897

à 2 heures

COMMISSAIRE-PRISEUR	EXPERTS
Me PAUL CHEVALLIER	MM. MANNHEIM Père et Fils
10, rue Grange-Batelière, 10	7, rue Saint-Georges, 7

EXPOSITION PUBLIQUE

Le Jeudi 13 Mai 1897, de 1 heure 1/2 à 5 heures 1/2

CONDITIONS DE LA VENTE

Elle sera faite au comptant.

Les acquéreurs payeront *cinq pour cent* en sus des adjudications.

L'exposition mettant le public à même de se rendre compte de l'état et de la nature des objets, il ne sera admis aucune réclamation une fois l'adjudication prononcée.

Paris. — Imp. de l'Art, E. Moreau et Cie, 41, rue de la Victoire

DÉSIGNATION DES OBJETS

FAIENCES

1 — Porte-fleurs formé d'une statuette de dame en élégant costume et portant une corbeille à dessus ajouré; ancienne faïence de Delft, décorée en camaïeu bleu.

2 — Deux plaques rondes en ancienne faïence de Castelli, à décor polychrome, sujets tirés de la mythologie.

3 — Pot sphérique, à anse, en grès allemand du XVIIᵉ siècle, à décor de mascarons en gris sur champ d'émail bleu.

4 — Cruche, à anse et goulot, en ancienne faïence italienn à décor polychrome : médaillon-buste et ornen nts.

5 — Groupe en faïence allemande : la Charité romaine.

6 — Trois vases d'ancienne faïence de Nevers, à décor dans le goût chinois en bleu et manganèse.

7 — Petit vase à pans en faïence de Rouen à lambrequin en bleu et rouge. Socle en bronze.

8 — Deux statuettes en faïence de l'Est, émaillée blanc : la Baigneuse, de *Falconnet*, et le Petit Chevrier.

9 — Deux lions en regard ; ancienne faïence de Lorraine, émaillée vert.

10 — Vase ovoïde à piédouche et à deux anses en ancienne faïence, à décor polychrome, figures mythologiques sous des édicules, cariatides et armoiries.

11 — Petite gourde en terre émaillée de la suite de Palissy, à fleurs de lis et mascarons en relief.

12 — Fontaine à pans en faïence de Rouen, à décor polychrome.

13 — Plateau de surtout en faïence de Moustiers, à décor Berain en bleu.

14 — Deux vases-balustres en faïence de Savone, à décor bleu de figures mythologiques.

15 — Fontaine en faïence hollandaise décorée en bleu avec déversoir et anses têtes de lions en relief.

16 — Vase à fleurs en faïence de Rouen, à décor bleu.

17 — Deux vases à fleurs en faïence de Perse.

18 — Deux bouteilles à décor bleu, en Delft.

19 — Potiche et deux cornets en Delft, à décor d'animaux et de fleurs de pêchers, réservés en blanc sur fond bleu, dans le goût chinois.

PORCELAINES

20 — Cache-pot en ancien biscuit de Wedgwood à fleurettes, entrelacs de rubans et de lierre et feuilles d'eau, en relief et en blanc, sur fond bleu.

21 — Cabaret en ancienne porcelaine de Saxe, à décor polychrome, avec rehauts d'or, de branches fleuries et d'oiseaux dans le goût japonais : Plateau, théière, sucrier, bol, cafetière, boîte à thé, pot à crème, quatre tasses et quatre soucoupes.

22 — Encrier formé d'un plateau oblong en vieux Saxe décoré dans le goût japonais et de deux godets en ancienne porcelaine de Paris montée en bronze.

23 — Deux groupes : bouc, brebis et agneaux, en ancienne porcelaine de Chelsea, décorée en couleurs.

24 — L'Afrique, groupe allégorique en porcelaine décorée de Vienne.

25 — Socle ovale en ancienne porcelaine de Sèvres émaillé gros bleu et à filets d'or, garni d'une monture en bronze.

26 — Deux plats ronds en vieux Saxe, marlis gaufrés en vannerie et décor polychrome à bouquets.

27 — Plat rond en vieux Japon, à paysages et réserves en bleu, rouge et or.

28 — Pendule carrée avec figure allégorique : *la Fidélité*, en porcelaine de Saxe Marcolini, décorée en couleurs et rehaussée d'or.

29 — Deux seaux en ancienne porcelaine de Ludwigsburg, à décor polychrome de bouquets.

30 — Caisse à fleurs en porcelaine à la Reine, décorée d'étoiles d'or inscrites dans un quadrillé de barbeaux.

31 — Groupe de deux danseurs : seigneur et dame Louis XV, en biscuit de porcelaine.

32 — Groupe en biscuit : berger et bergère Louis XV.

33 — Figurine en biscuit de Sèvres : *le Petit Marchand de plaisir*, par FERNEX.

34 — Groupe en ancien biscuit de porcelaine composé de trois figurines : seigneur et dame Louis XV en compagnie de l'Amour.

35 — Groupe de deux amours guerriers, en Saxe surdécoré.

36 — Statuette de femme en ancienne porcelaine du Japon, décorée en couleurs.

37 — *Le Faune aux cymbales*, statuette en biscuit.

38 — Groupe en biscuit : une nymphe et Jupiter.

39 — Groupe en biscuit : *les Saisons.*

40 — Vase en porcelaine émaillée rouge haricot.

41 — Deux soupières rondes à couvercles et présentoirs en vieux Chine, décor blanc sur blanc et bordure de dentelle en dorure.

42 — Vase allongé en céladon gris-craquelé sur socle en bois de fer.

43 — Deux aiguières, de forme persane, en ancien céladon émaillé bleu.

44 — Deux figurines de femmes portant des vases, en ancienne porcelaine de Chine décorée en émaux de la famille rose.

45 — Deux vases-balustres en Chine moderne, à
figures et ornements en émaux de couleurs.

46 — Coupe en ancienne porcelaine de Chine bleu
poudré et décor en dorure, garnie d'une monture
en bronze de style Louis XVI.

47 — Soupière ovale avec couvercle et plateau, en
Japon décoré en bleu.

48 — Grand vase ovoïde, côtelé, à pourtour offrant
en bas-relief une bacchanale d'enfants ; anses,
têtes de bélier ; porcelaine anglaise.

PORCELAINES MONTÉES EN BRONZE

49 — Deux vases-cassolettes, obconiques, en vieux
Sèvres, pâte tendre, émaillé bleu, avec couvercles
en Tournay de même couleur. Monture en
bronze doré de style Louis XVI, à anses et
gorge ajourée.

50 — Flambeau à deux lumières, de style rocaille,
en cuivre peint et garni de fleurettes et d'une
figurine : *Joueur de cornemuse*, en vieux Saxe.

51 — Vase en ancien céladon craquelé, à décor de
jardinières et objets mobiliers en camaïeu bleu ;
monture en bronze. Style Louis XVI.

52 — Deux petites bouteilles en céladon craquelé,
à décor bleu : figurine chinoise et rochers ;
monture en bronze doré. Style Louis XVI.

53 — Deux vases piriformes émaillés rouge et garnis de montures à anses en bronze doré, du
temps de Louis XVI.

54 — Bougeoir formé d'une soucoupe en vieux
Sèvres, pâte tendre, à bandes bleues ondulées
sur fond vert, et d'une monture, de style
rocaille, en bronze doré.

55 — Vase en céladon gris-craquelé, avec monture
à gorge ajourée, anses feuillagées et piédouche
en bronze, de style Louis XV.

56 — Deux vases en porcelaine mince de Chine, à
décor de médaillons en couleurs, à sujets euro-
péens, garnis de montures en bronze doré, de
style Louis XVI.

57 — Potiche de forme allongée, en porcelaine de

Chine, à sujets familiaux en couleurs, avec motifs d'encadrements en bleu ; monture à anses en bronze.

58 — Deux petits vases ovoïdes et couverts en porcelaine de Saxe, à décor polychrome d'oiseaux et de papillons ; monture en bronze.

59 — Vase sphérique en Japon, à décor d'oiseaux en bleu, rouge et or, avec monture en bronze, de style rocaille.

TABLEAUX
PEINTURES DÉCORATIVES

60 — Deux intéressants tableaux en pendants : *l'Intrigue* et *le Duel,* scènes de bal masqué, sous la Régence, comprenant de nombreux personnages dans des intérieurs de palais. Peintures attribuées à GILLOT.

61 — Deux grandes toiles décoratives en hauteur : scènes galantes, dans le goût de FR. BOUCHER.

62 — Paravent à six feuilles, peint dans le goût de JOSEPH VERNET, et représentant la vue d'un port de mer animé de nombreux personnages.

63 — Quatre petits panneaux décoratifs Louis XVI, peints en couleurs sur fond blanc, cariatides et arabesques, dans le goût de SALEMBIER.

64 — Deux portraits, de l'époque Louis XIV : seigneur à grande perruque et dame à robe de brocart et manteau bleu, manière de LARGILLIÈRE.

65 — *Le Bain de Diane*, grand tableau de l'ÉCOLE VÉNITIENNE, du XVIe siècle.

66 — *La Prière à l'Amour*, peinture dans le goût de Greuze, attribuée à Mlle LEDOUX.

67 — *Le Calvaire*, peinture sur panneau, par F. FRANCK.

68 — *Nymphe et Amour*, peinture décorative, attribuée à LAGRENÉE.

69 — Deux peintures sur panneaux de l'École vénitienne, du XVIe siècle, représentant des sujets bibliques en des encadrements imitant la marqueterie de bois et d'écaille.

70 — Deux portraits, de l'époque Louis XIV :

guerrier en armure et dame en toilette de brocart avec manteau rouge ; dans leurs cadres, du temps, en bois sculpté et doré.

71 — *Vénus et Junon*, peinture décorative de l'École française.

72 — Petit panneau peint au vernis Martin et représentant le sujet de *l'Ours et les Deux Compagnons*. Époque Louis XV.

73 — Tableau représentant trois enfants de la Maison de Savoie. XVIIIe siècle.

74 — Portrait d'homme, de l'époque Louis XV, représenté dans un cabinet de travail.

75 — Gouache de l'École de DAVID, représentant un sujet tiré de l'histoire grecque.

76 — *Vue de la Porte Saint-Bernard*, gravure en couleurs, par Descourtis, d'après Demachy.

MARBRES, SCULPTURES
ET OBJETS VARIÉS

77 — Deux grands vases de jardin, forme Médicis,

à culot godronné et à piédouche sur plinthe carrée. Marbre blanc.

78 — Vase de jardin en marbre blanc et son socle octogone.

79 — Deux petits bustes de marbre blanc : *Apollon* et *Daphné*, sur piédouches quadrangulaires en marbre brun. Travail italien du XVIe siècle.

80 — Deux fûts de colonnes en marbre tendre rosé avec socles carrés de marbre noir.

81 — Deux grandes statuettes-appliques en chêne sculpté du XVIIe siècle.

82 — Buste en terre cuite de Niobé, grandeur nature, sur piédouche en marbre.

83 — Gaine carrée en marbre brèche.

84 — Petite colonne en marbre cipolin avec moulures en marbre jaune de Sienne.

85 — Grand Christ en ivoire sculpté, de l'époque Louis XIV, fixé sur une croix en ébène portant l'estampille de ACRIAERD M. E.

86 — Christ en ivoire sculpté du XVIIᵉ siècle, avec
cadre ancien en bois à lauriers.

87 — Lanterne chinoise en ivoire sculpté et repercé
à jour, avec couronnement hexagonal en émail
peint ; elle est décorée de pendeloques et de
chaînettes tout en ivoire.

88 — Groupe-applique en bois sculpté, la Vierge
avec plusieurs saints personnages à ses pieds.
XVᵉ siècle.

89 — Harpe Louis XVI à crosse sculptée et dorée ;
tête de bélier, draperies, acanthes et médaillon.
Elle porte le nom de *Pleyel, boulevard Mont-
martre, à Paris*.

90 — Cabinet Louis XIII en ivoire, décoré de
peintures, figures et ornements et enrichi de
plaquettes de jaspe.

91 — Quatre tabourets de terre cuite ; coussins
supportés par quatre griffons.

92 — Deux lampes, à trois becs chacune, en verre
incolore et verre bleu de Bohême.

93 — Paire de landiers Louis XIII, en fer, avec boules et bagues de cuivre.

94 — Paire de landiers en fer du XVIᵉ siècle.

95 — Couteau de chasse Louis XV, à poignée d'ivoire et garniture en argent.

96 — Socle carré en fer à pourtour de bronze doré, offrant en bas-relief des sujets de chasse. Époque Louis XIII.

97 — Presse-papier en malachite et bronze doré.

98 — Deux tableaux en broderie de soies et d'argent, dans leurs cadres en bois sculpté du XVIIᵉ siècle.

PENDULES, HORLOGES

99 — Grande pendule, de l'époque Louis XIV, en marqueterie de cuivre sur écaille, enrichie de bronzes dorés : cariatides, vases, petits génies, cornes d'abondance, mascarons, et surmontée d'une statuette de Neptune, cadran gravé et ciselé à cartels d'émail, supportée par un atlante entre des rinceaux ajourés. Mouvement à quarts de *Ducauroy à Paris*.

100 — Pendule cintrée par le haut et sa console-applique, de l'époque Louis XIV, en marqueterie de cuivre, première partie, avec garniture de bronzes : mascarons, rinceaux, feuilles, consoles etc., poinçonnés au C couronné. Cadran gravé en cuivre doré avec cartels d'émail dont un porte le nom *Du Pré, à Paris.*

101 — Grande pendule, de l'époque Louis XIV, et console-applique en marqueterie de cuivre sur écaille, avec moulures, bas-reliefs et appliques en bronze doré. Une figurine de Renommée en forme le couronnement.

102 — Pendule Louis XIV, de forme contournée, plaquée d'écaille rouge et garnie d'appliques, rosaces et acanthes, de moulures et de vases en bronze doré. Cadran gravé à cartouches d'émail portant le nom de *Martinot, à Paris.*

103 — Pendule-religieuse en marqueterie de cuivre et d'étain sur écaille, à pilastres supportant un fronton cintré. XVIIe siècle.

104 — Cartel, de l'époque Louis XVI, en bronze doré, modèle à vase et guirlandes symétriques ; cadran au nom de *Leroy, à Paris.*

**

105 — Cartel, de l'époque Louis XV, en bronze doré, composé de rocailles, de grands rinceaux de feuillages et de branches de fleurs. Cadran rapporté.

106 — Horloge à gaine contournée, dite régulateur, en bois d'ébène incrusté de filets de cuivre. Époque Louis XIV. Des appliques en bronze ont été rapportées.

107 — Cartel, de style Louis XVI, à vase, mascaron, feuillages et draperies.

108 — Horloge, du temps de Louis XVI, à gaine en chêne sculpté, offrant deux pilastres cannelés surmontés de triglyphes enguirlandés ; cadran entouré de lauriers et de rubans.

109 — Pendule, du temps de Louis XVI, en forme d'édicule flanqué de colonnes engagées et surmonté d'un vase à cadrans tournants ; marbre blanc et bronze doré ; cadran d'émail portant le nom de *Genuce, à Paris*. Contre-socle en marqueterie de cuivre et d'écaille.

110 — Pendule Louis XVI, marbre et bronze, en forme d'édicule à colonnes. Mouvement de *Butte, à Meulur*.

111 — Pendule Louis XVI, en serpentin, avec figures de bronze doré mat : femme pinçant de la lyre et amour portant une corbeille de fleurs. Cadran au nom de *Leroy, à Paris.*

112 — Pendule, du temps de Louis XVI, en bronze doré, flanquée de cornes d'abondance et surmontée d'un vase. Cadran au nom de *Baudouin, à Paris.*

113 — Pendule, fin Louis XVI, en marbre blanc, à figure allégorique. Cadran émaillé et rehaussé d'or, au nom de *Drouot, à Paris.* Socle et contresocle en marbre vert de mer, avec dauphins et appliques-griffons en bronze doré.

114 — Pendule Louis XVI, en bronze, flanquée de consoles renversées et décorée de guirlandes et de rinceaux appliqués ; elle est surmontée d'un vase.

115 — Pendule, de la fin du XVIIIᵉ siècle, en marbre blanc, avec figures de bronze doré mat : Vénus et Adonis accompagné d'un lévrier. Socle décoré d'une frise : jeux d'enfants, et de mascarons en bronze doré.

116 — Pendule, en forme de pyramide en bronze, à décor de feuillages et attributs, surmontée d'un vase et portée par quatre lions reposant sur une base en marbre blanc.

117 — Petite pendule carrée, cantonnée de colonnettes et surmontée d'un timbre à pourtour repercé à jour, en cuivre gravé et doré. XVIIe siècle.

118 — Horloge de forme monumentale, cantonnée de piliers angulaires et surmontée d'un dôme, ajouré à trois étages que couronne une figurine de Neptune. Cuivre gravé et doré. Époque Louis XIII.

119 — Œil-de-bœuf Louis XVI, en bronze doré, à perles et couronne de laurier.

120 — Petite pendule et son socle, de style Louis XV, en bronze doré.

BRONZES D'ART

ET D'AMEUBLEMENT

121 — *Les Baisers,* d'Houdon ; deux bronzes en

pendants sur fûts en marbre bleu turquin montés en bronze doré.

122 — Statuette d'enfant agenouillé et cueillant des fleurs ; bronze, du temps du premier Empire, sur socle en bois noir.

123 — Deux statuettes en bronze, pour candélabres : *l'Amour* et *la Folie*.

124 — Figurine en bronze ancien : *la Fortune*.

125 — Quatre petits bas-reliefs en bronze, de Barye, à patine verte : cerf, chien de chasse, aigle et serpent, aigle et isard.

126 — Deux grands flambeaux d'église, en bronze italien, à ornementation de style oriental.

127 — Deux têtes d'enfants, bronze à patine brune, d'après F. FLAMAND.

128 — Deux girandoles formées chacune d'un vase en marbre gris veiné violet, montées en bronze doré : bouquet de lis à trois lumières et anses figurines d'enfants satyres.

129 — Deux grandes girandoles, de style Louis XIV,
à quatre lumières chacune, modèle à têtes de
béliers, bustes et feuillages, avec base triangulaire à sphinx et tablier.

130 — Deux girandoles, de l'époque Louis XV, à
trois bras contournés; modèle à feuillages et
rinceaux.

131 — Deux girandoles, formées de grands flambeaux en bronze gravé et doré, du temps de
Louis XV, et de bras porte-lumières rapportés
en bronze moderne.

132 — Deux girandoles, de style Louis XVI, fût de
colonne surmonté d'un vase en marbre blanc et
garni de tigettes et de guirlandes en bronze
doré. Des vases s'échappent trois bras porte-
lumières avec tubéreuses au centre.

133 — Deux girandoles, à trois lumières, en bronze
doré, style Louis XVI; modèle à tige cannelée,
guirlandes de laurier et brûle-parfums.

134 — Deux girandoles, de style Louis XIII, à six
lumières supportées par une tige fuselée élevée
sur base triangulaire à cariatides et mascarons.

135 — Deux girandoles Louis XV, à trois lumières, en cuivre argenté.

136 — Deux petits candélabres Louis XVI : chinois en bronze patiné supportant des bras dorés à deux lumières.

137 — Deux flambeaux-cassolettes en bronze, de l'époque Louis XVI ; vases à mufles de lions et draperies, élevés sur fûts cannelés à tore de laurier.

138 — Paire de vases couverts, de forme ovoïde, en verre bleu, avec monture, trépied à têtes de béliers et guirlandes, en bronze doré mat, de style Louis XVI. Socles triangulaires en marbre blanc.

139 — Deux vases-cassolettes, de forme ovoïde, en marbre blanc, garnis d'une monture trépied, de style Louis XVI, en bronze d ré.

140 — Paire d'appliques, à deux lumières, en bronze doré, gaine enguirlandée et surmontée d'un vase. Époque Louis XVI.

141 — Paires d'appliques Louis XVI, à deux

lumières prenant naissance sur une gaine cannelée et enguirlandée que surmonte un brûle-parfums.

142 — Deux appliques, à deux lumières, de forme contournée. Époque Louis XV.

143 — Deux grands flambeaux, en bronze doré, de style Louis XIV, à tiges formées de cariatides égyptiennes en des gaines enguirlandées.

144 — Deux flambeaux, de style Louis XVI, en marbre blanc et bronze doré.

145 — Deux grands flambeaux, de style Louis XV, à rinceaux contournés, feuillages et oves.

146 — Paire de flambeaux, du XVIIe siècle, à pans, en cuivre gravé et doré.

147 — Deux flambeaux, à deux lumières chacun, de style Louis XVI, bronze doré; modèle à tige drapée et surmontée d'une cassolette.

148 — Deux flambeaux Louis XIV, en cuivre gravé, à pans, décorés de médaillons-bustes.

149 — Paire de flambeaux, de style Louis XV, en bronze ciselé et doré, d'un élégant modèle, à rinceaux tourmentés, feuillages et papillons.

150 — Deux flambeaux formés de figurines d'enfants, en bronze doré, debout sur des fûts cannelés en marbre blanc.

151 — Flambeau de bouillotte Louis XVI, en cuivre argenté.

152 — Deux petits bouts-de-table, à deux lumières en bronze, de style Louis XV.

153 — Deux chenets en bronze doré et patiné, formés chacun d'un lion couché sur une base ornée de sujets de chasse. Signés : *Bequet*.

154 — Deux chenets, du temps de Louis XVI, à vases sur piédestaux cannelés, reliés par des guirlandes.

155 — Deux landiers en bronze du XVIe siècle, formés de colonnes supportant un vase ovoïde et élevées sur bases à volutes et mascaron.

156 — Deux petits chenets Louis XVI, à vases et brûle-parfums sur piédestaux drapés.

157 — Chenets Louis XVI, à vases ovoïdes sur galerie à balustres.

158 — Chenets Louis XIV, bronze doré : sphinx sur piédestaux portant les emblèmes de l'Amour.

159 — Deux petits chenets, bronze doré : fleuve et source, de l'époque Louis XIV, couchés sur bases à mascarons et lambrequins de même style.

160 — Deux chenets : sphinx, en bronze du premier Empire.

161 — Chenets formés de lions, en bronze doré ancien, couchés en regard sur des socles à gorge et statuettes en bronze doré moderne.

162 — Lanterne de vestibule, en bronze doré, de l'époque Louis XVI.

163 — Autre, de même époque, avec vases et pieds en marbre blanc.

164 — Lanterne ronde de vestibule, en bronze doré. Époque Louis XVI.

165 — Lanterne ronde, bronze doré. Époque Louis XVI.

166 — Lanterne pentagonale, en bronze doré, de l'époque Louis XV.

167 — Pied d'une pendule à musique, en marbre noir et bronze, de l'époque Louis XVI, orné, sur la face, d'une miniature grisaille, par SAUVAGE.

168 — Deux chiens épagneuls, en regard, couchés sur des plinthes à rosaces et guirlandes, bronze doré. Époque Louis XVI.

169 — Encrier carré, en marbre vert de mer et bronze doré.

MEUBLES

170 — Petit bureau, dit à dos d'âne, de forme contournée et à abattant, en bois satiné et marqueterie de bois clairs gravés, offrant, sur la face et les côtés, de grands cartouches : le Triomphe d'Amphitrite et des attributs des beaux-arts en de riches encadrements de rinceaux et de rocailles entremêlés de quadrillés et de quartefeuilles.

Meuble de forme gracieuse. Époque Louis XV.

171 — Secrétaire, du temps de Louis XVI, en bois
de rose, richement décoré en marqueterie de bois
clairs, de trophées d'instruments de musique,
de branches, de vases et de draperies. Dessus
en marbre.

172 — Grand cabinet Louis XIII, en ébène incrusté
de filets d'ivoire, et décoré de moulures guillo-
chées, de figures et d'appliques en cuivre repoussé et doré et de cabochons en écaille. Au
milieu des tiroirs, deux portes découvrent de
nouveaux tiroirs et une réserve simulant un
intérieur de palais à colonnes et glaces. Ce
meuble repose sur une console à quatre cariatides et rinceaux en bois sculpté et doré.

173 — Commode, de l'époque Louis XIV, en marqueterie de Boulle, cuivre et écaille, d'une riche
ornementation ; elle est garnie de cuivres, poignées et entrées, poinçonnés au C couronné. Le
dessus, entièrement marqueté, est bordé d'un
quart de rond en cuivre ; les montants sont
arrondis.

174 — Commode, du temps de Louis XIV, en bois
noir incrusté de filets de cuivre, décorée en

marqueterie de cuivre et d'étain et enrichie de bronzes dorés et d'appliques de cuivre étampé. Le dessus représente le Char d'Amphitrite en des encadrements entremêlés de sphinx, d'oiseaux, de rinceaux et de fleurs de lis. Les angles du meuble sont contournés en ressaut. Les sabots sont formés de pieds de biche en bronze.

175 — Grand bureau plat, de forme contournée et à trois tiroirs en bois satiné et palissandre, de l'époque Louis XV. Les cuivres ont été ajoutés.

176 — Autre bureau, de même époque, à ceinture et tiroirs décorés de motifs de fleurs en marqueterie de bois clairs. Cuivres rapportés.

177 — Commode Louis XIV, laquée, à décor de fleurs et d'animaux en dorure sur fond noir. Dessus en marbre rouge et vert.

178 — Petite commode Louis XV, chantournée, en marqueterie de bois ; attributs de musique, fleurs et oiseaux. Cuivres rapportés. Dessus en marbre gris.

179 — Commode, de l'époque Louis XV, contour-

née et ventrue, en marqueterie de bois de rose à quadrillés et damier. Elle est garnie de cuivres rocaille : chutes, poignées de tirage, entrées et appliques. Dessus en marbre brèche d'Alep.

180 — Commode Louis XV, à deux tiroirs, en bois de placage à quadrillés ; chutes, cul-de-lampe et anneaux de tirage en bronze. Dessus en marbre brèche d'Alep.

181 — Table-toilette Louis XV, en marqueterie de bois de placage à fleurs.

182 — Commode Louis XVI, à deux tiroirs, en marqueterie de bois rose et bois gris à quadrillés, garnie de cuivres. Dessus en marbre.

183 — Grand secrétaire Louis XVI, à montants formés de colonnes cannelés, en acajou enrichi de rais de cœur, d'entrées et de poignées de tirage en bronze doré. Dessus en marbre blanc bordé d'une galerie de cuivre.

184 — Commode allant avec le secrétaire qui précède et de même ornementation.

185 — Armoire à deux corps, du temps de Louis XV,

en acajou orné de moulures contournées. Elle
est cintrée par le haut.

186 — Grand secrétaire, du temps de Louis XVI,
en bois rose et amarante, enrichi de cuivres,
perles, moulures d'encadrement et entrées. Dessus en marbre gris.

187 — Grande commode, de la fin du XVIIIe siècle,
en acajou, garnie de cuivres dorés et à dessus
de marbre blanc entouré d'une galerie.

188 — Secrétaire, du temps de Louis XV, en bois
satiné et marqueterie de bois debout, à décor
de branchages fleuris. Tablette en marbre.

189 — Jardinière, de forme Louis XIV, sur pieds
cambrés en bois noir, garnie de chutes, appliques et galerie en bronze doré.

190 — Bibliothèque Louis XIV, à deux portes
vitrées, plaquée de palissandre et incrustée de
filets de cuivre. Les moulures et appliques de
bronze ont été rapportées.

191 — Chiffonnier-toilette, en acajou incrusté de

cuivres, à colonnettes cannelées, tablettes de
marbre et fond de glace étamée. Époque du
premier Empire.

192 — Chiffonnier à sept tiroirs, en bois de rose
et d'amarante. Époque Louis XVI.

193 — Bonheur-du-jour Louis XVI en acajou garni
de moulures et de baguettes en cuivre doré ; le
bas forme bureau à pieds reliés par des croisillons ; le haut à tablette de marbre supportée par
deux colonnettes, est à fond de glace étamée.

194 — Armoire entre-deux, du temps de Louis XV,
en bois satiné et palissandre, à panneaux en
saillie. Elle contient un coffre à argenterie.
Tablette en marbre.

195 — Vitrine en hauteur, à deux portes vitrées,
bois de rose frisé d'amarante ; époque Louis XVI.
Tablette de marbre blanc.

196 — Petite armoire Louis XVI, à montants cintrés
et cannelés et à deux portes vitrées dans leur
partie supérieure ; acajou garni de bronzes.

197 — Bibliothèque à deux portes vitrées en bois
d'amarante. XVIIIe siècle.

198 — Bureau Louis XVI en acajou, à tiroirs et à cylindre, surmonté d'un corps supérieur à trois tiroirs et trois portes garnies de glaces étamées. Les cuivres : rais de cœur, formant encadrement, entrelacs de laurier décorant les montants, poignées et appliques ont été ajoutés. Dessus de marbre bleu turquin bordé d'une galerie de cuivre ancienne.

199 — Table-toilette, du temps de Louis XV, à pieds cambrés, en bois de rose incrusté de filets de bois noir.

200 — Commode Louis XIV à face légèrement cintrée en amarante, incrustée de filets de cuivre et enrichie de bronzes anciens rapportés, tels que : entrées formées de sphinx, poignées de tirage à têtes d'enfants, pieds à volutes, chutes et moulures d'encadrement.

201 — Table à ouvrage Louis XVI, forme rognon, en acajou, à tablette d'entre-jambes et dessus en marbre blanc.

202 — Table de bouillotte, demi-lune, en acajou. Époque Louis XVI.

203 — Table Tronchin Louis XVI en citronnier et acajou.

204 — Très grande commode Louis XVI en acajou, à tablette de marbre blanc.

205 — Table de tric-trac Louis XV en bois rose et bois satiné. Intérieur plaqué d'ébène et d'ivoire.

206 — Petit bureau plat Louis XV en bois rose et amarante, à tiroirs et tablette rentrante. Dessus tendu d'une basane. Cuivres rapportés.

207 — Table-toilette Louis XV à pieds cambrés et ceinture décorée de marqueterie à fleurs.

208 — Grand meuble Louis XVI, en acajou massif et à montants cannelés, ouvrant à quatre portes garnies de glaces étamées; celles du bas découvrent des tiroirs et une tablette formant bureau; celles du haut, des tablettes et divers casiers. Ce meuble est garni de tigettes et de rinceaux en bronze.

209 — Meuble en hauteur, à portes vitrées en bois rose et satiné de l'époque Louis XV.

210 — Bonheur-du-jour Louis XVI, en acajou, à côtés cintrés et formant étagères.

211 — Entre-deux, formant armoire et pupitre, en bois de palissandre, décoré d'incrustations d'étain. XVIIe siècle.

212 — Console Louis XVI, à côtés cintrés, en acajou ; pieds cannelés avec tablette d'entre-jambes ; dessus de marbre à galerie de cuivre.

213 — Console Louis XVI, à côtés cintrés, en acajou garni de perles de bronze ; sur quatre pieds cannelés reliés par une tablette. Dessus de marbre blanc à galerie.

214 — Cartonnier en bois de violette de forme contournée, garni de bronzes, tels que chutes, cartouches rocaille, encadrements.

215 — Lit Louis XVI, à montants cannelés et panaches, bois peint blanc.

216 — Grand lit Renaissance à colonnes ; le panneau de chevet est formé de motifs d'architecture ; le pourtour est godronné.

217 — Coffre Louis XIII, en ébène avec fermoir et
écoinçons en cuivre ; il repose sur un piètement
à colonnes torses.

218 — Coffre Louis XIII, en bois gravé au fer, à
personnages et ornements.

219 — Petite table-chiffonnier, à tablette rentrante,
en bois satiné, de l'époque Louis XV.

220 — Chaise (chauffeuse), en noyer sculpté, de
l'époque Louis XV ; signé J. B. LELARGE.

MEUBLES EN BOIS SCULPTÉ

GLACES, CADRES

221 — Grand baromètre ancien, en chêne sculpté et
doré, d'une ornementation très riche consistant
en guirlandes doubles, descendant sur les côtés,
en tores de laurier, rosaces, corbeilles, etc.

222 — Baromètre-thermomètre, de l'époque Louis
XVI, en bois sculpté et doré, de forme contournée à feuillages, volutes et corbeille de fleurs.

223 — Console rectangulaire à quatre faces, en bois sculpté et doré, de l'époque Louis XVI, à décor de lauriers et de rosaces reliées par des guirlandes détachées. Pieds fuselés et creusés de cannelures avec traverses entrecroisées supportant un vase. Dessus en mosaïque composée de jaspes, d'agates, de porphyres, de granits, de bois pétrifiés et de marbres rares.

224 — Console, de l'époque Louis XV, en bois sculpté, avec son ancienne dorure; ceinture ajourée à coquille, rinceaux et fleurs portant sur deux pieds contournés et convergeant vers la base. Tablette de marbre.

225 — Console rectangulaire, de l'époque Louis XVI, en bois sculpté; ceinture à corbeille de fleurs et guirlandes; pieds cannelés à tigettes.

226 — Grande console italienne, à volutes, mascaron et feuillages, en bois sculpté et doré.

227 — Console rectangulaire et à quatre faces, en bois sculpté et doré, de l'époque Louis XVI; ceinture d'entrelacs et de tigettes, à fond ajouré, pieds carrés et croisillons. Dessus en marbre brèche de Sicile.

228 — Petite console, à deux pieds contournés, en bois sculpté et doré, de l'époque Louis XV. Tablette en marbre gris.

229 — Devant de coffre, en chêne sculpté, à fenestrages et meneaux gothiques, avec, au centre, une fleur de lis. XVIᵉ siècle.

230 — Glace à biseau dans un cadre à fronton ajouré, feuillages et rinceaux, en bois sculpté et doré. Époque Louis XVI.

231 — Glace à fronton, du temps de Louis XV, à encadrement de bois sculpté et doré, composé de rinceaux et de festons de feuillages se détachant sur un fond de glace étamée.

232 — Glace rectangulaire, à encadrement de bois sculpté, du temps de Louis XIV, sous sa vieille dorure. Elle est surmontée d'un couronnement à rinceaux, palmettes et attributs guerriers.

233 — Glace, du temps de Louis XVI, dans un encadrement à trumeau en bois sculpté, doré et peint blanc, à rinceaux et ornements dans le goût de Salembier.

234 — Glace dans son cadre à fronton en bois sculpté et doré, du temps de Louis XV.

235 — Glace, du temps de Louis XVI, à cadre de bois sculpté et doré, surmonté d'emblèmes de l'Amour.

236 — Miroir Louis XIII, avec encadrement en glace revêtu d'ornements en cuivre estampé; elle est surmontée d'un fronton.

237 — Miroir octogonal, glace biseautée, dans un cadre Louis XIII en cuivre, surmontée d'une agrafe bélière à rinceaux et mascaron chimérique.

238 — Miroir dans son cadre en bois dur, enrichi d'appliques en cuivre repoussé. Époque Louis XIII.

239 — Grand cadre, du temps de Louis XIV, en bois sculpté.

240 — Cadre de glace, du temps de Louis XV, formé de baguettes en faisceau liées par des rubans et entourées de festons de fleurs.

241 — Cadre rectangulaire, de l'époque Louis XIV,
à coins richement ornés, en bois sculpté et
doré.

242 — Cadre ovale, à tore de chêne et de laurier,
en bois sculpté et doré.

243 — Cadre rectangulaire en bois sculpté et doré.
Époque Louis XIV.

244 — Cadre ovale de glace en bois sculpté, à
fronton découpé.

245 — Quatre cadres de glaces en bois sculpté.
Travail italien.

RED. :

16

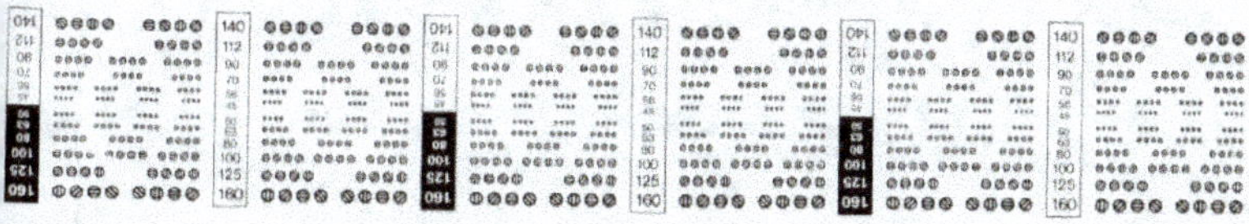

MIRE ISO N° 1
NF Z 43-007
AFNOR
Cedex 7 - 92080 PARIS-LA-DÉFENSE

graphicom

BIBLIOTHEQUE NATIONALE DE FRANCE

****

CHATEAU DE SABLE

1996

www.ingramcontent.com/pod-product-compliance
Lightning Source LLC
LaVergne TN
LVHW021752060726
842528LV00003B/919

9782329212500